COMMENT CHASSER LES ZOMBIS DE MON LIT ?

Béatrice Fontanel • Loïc Froissart

SEUIL JEUNESSE

VIVRE DANS UN BOCAL

Quand mon père nous a laissés tomber, ma mère a enfin accepté que j'installe dans ma chambre une vieille télé récupérée chez ma grand-mère, au Havre. Elle a pensé que ça allait me consoler peut-être. Au départ, j'avais demandé une tablette, mais elle m'avait répondu du tac au tac :

– Tu crois que je suis Crésus ou quoi ?!

« Crésus », on aurait dit le nom d'un rappeur. Pour la tablette en tout cas, c'était râpé.

Je n'en revenais pas : la-télé-dans-ma-chambre ! Pouvoir regarder l'écran dans le noir total, sous ma couette douillette, avec un esquimau au chocolat glacé... Le bonheur !

J'ai toujours adoré la télé, même quand elle est crétine. D'ailleurs, plus elle est bête, plus elle me plaît. L'image bouge tout le temps. C'est bien mieux qu'un aquarium, et pas besoin de changer l'eau des poissons.

J'ai eu un aquarium autrefois, quand mon père était encore avec nous. Mais le gars de la boutique devait être sadique sans doute et il nous a vendu deux poissons combattants qui n'arrêtaient pas de s'entre-dévorer : de vrais cannibales. L'un des deux a fini par mourir. Je lui ai fait de petites funérailles en bas de mon immeuble, dans les plates-bandes qui n'ont plus l'air de rien parce que personne ne les entretient. J'ai posé sur sa tombe minuscule un bouquet de pissenlits, assez démesuré forcément, par rapport à la sépulture.

Ma mère s'est entêtée : elle est allée m'acheter un autre poisson et le massacre a recommencé, un vrai film gore. Après, on a appris que les combattants ne supportaient absolument pas de vivre dans un bocal ensemble. Aucun poisson d'ailleurs n'est très heureux là-dedans : pas assez d'aisance. Moi aussi parfois, j'ai l'impression de vivre dans un bocal et pourtant il faut s'y faire, hein... pas d'échappatoire.

Après les combattants, j'aurais voulu adopter des raies. J'en ai vu un jour au grand aquarium de Boulogne-sur-Mer. Il n'y a que nous pour partir en vacances là-bas, soit dit en passant. J'ai des copains qui vont au Lavandou avec leurs parents. Le nom sonne mieux, déjà. Mais ma mère me dit de ne pas me plaindre puisque pas mal de mes copains ne partent pas du tout et que je devrais m'estimer heureux.

C'était chouette tout de même, cet aquarium géant. Il y avait des raies mantas immenses, avec des ventres blancs comme de la neige, et des branchies bien fendues qui les faisaient ressembler à des voitures de course. Elles passaient au-dessus de nos têtes, lorsque nous avancions dans le tunnel de verre qui traverse l'aquarium, peut-être même qu'elles nous faisaient pipi dessus, pour se venger d'avoir été enfermées là. Enfin moi, si j'avais été à leur place, c'est ce que j'aurais fait. D'ailleurs, quand j'étais petit, de notre balcon, j'ai essayé une fois, sur les gens qui passaient dans la rue. Mon père m'a collé une raclée mémorable. À l'époque, il habitait encore avec nous.

Dans un autre bassin, il y avait différentes sortes de raies qui faisaient des tours pour qu'on les admire. Elles venaient ensuite nous voir pour se faire gratter le dos comme des petits chiens. Je me demandais si elles étaient spécialement apprivoisées. Je rêvais aussitôt d'en adopter une. Comment j'allais l'appeler, ma raie : Barbara ? Angelina ? Zaza ? L'ennui, c'est qu'il aurait fallu un aquarium vraiment grand et que ma chambre est minuscule. Ma mère n'a pas voulu.

Avec la télé, on n'a pas tous ces soucis. C'est joli, ça bouge, c'est coloré, surtout quand on passe son temps à zapper. Aussi fascinant qu'un kaléidoscope. Ma mère m'avait prévenu :

– Je te fais confiance, tu ne la regarderas pas trop, hein, mon cœur ?...

Confiance... elle était bonne celle-là ! Moi aussi, j'avais fait confiance à mes parents, et je ne sais pas ce qu'ils ont fabriqué et la faute à qui, mais mon père a fichu le camp. Depuis, j'ai du mal à trouver le sommeil et la télé m'aide à m'endormir. J'ai l'impression que l'écran allumé veille sur moi, comme quelqu'un de gentil, de pas contrariant. Avant de dormir, je regarde un peu de tout : des films d'action surtout, des émissions où des gens s'engueulent devant tout le monde et s'effondrent en larmes, en *direct live* comme à la maison autrefois...

Il y a aussi des chaînes qui font la promo de machines pour maigrir ou raffermir les chairs, ou qui vantent des gaines pour effacer les bourrelets du ventre et des fesses, des gaines très gainantes, mais légères comme des plumes... D'ailleurs pour le prouver, la présentatrice les suspend à des ballons de baudruche remplis à l'hélium, comme on le faisait pour mon anniversaire, quand j'étais petit, et les gaines s'envolent au plafond... Alors sûrement les dames un peu trop enrobées se précipitent dès le lendemain matin pour les acheter. Si les Martiens débarquent un jour, je me demande bien ce qu'ils vont penser de ça ; qu'il s'agit peut-être de petites cérémonies sacrées ? Regarder ce genre de programme, c'est reposant pour le cerveau et, pour s'endormir, c'est mieux que de compter les moutons. Lorsque je flotte dans un demi-sommeil, comme une larve intergalactique, ma mère entre dans ma chambre en soupirant et elle éteint la télé. ELLE L'ÉTEINT. C'est comme si elle me mettait dans un petit cercueil de silence. Quelle angoisse !!

VENTOUSÉ À LA VITRE

Bon évidemment, le lendemain, j'ai les paupières endolories, l'impression d'avoir la peau de l'œil passée au tampon Jex, une sorte d'éponge en ferraille dont ma mère se sert pour récurer les casseroles lorsqu'elle les a oubliées sur le feu avec quelque chose dedans de plus du tout identifiable parce que complètement carbonisé. Parfois, j'ai presque envie de caler deux allumettes sous mes paupières pour les maintenir ouvertes...

Je prends tout de même mes corn flakes devant l'écran de mon PC comme un *hypostomus plecostomus*, ces poissons ventousés à la vitre de leur aquarium. Je regarde des

Youtubeurs hilarants, des énergumènes qui affirment que la Terre est plate, des clips vidéo trépidants, des bêtisiers où des tas de gens se font très mal en tombant, ou encore… les replays des *Princes de la passion*. Moi qui suis assez timide et maigrichon, j'aime comater devant ce genre de programme, le matin et le soir aussi : c'est répétitif mais hypnotisant. Des filles et des garçons doivent tomber amoureux dans un temps imparti et, autant que possible, devenir fous de jalousie, s'espionner, se mettre à pleurer, sans que leur maquillage coule (pour les filles) ou alors juste un peu, dire devant la caméra beaucoup de mal de leurs copains, se disputer, se faire plaquer, se réconcilier et on recommence dans l'autre sens.

S'insulter et se critiquer prend une part importante de l'émission. Il faut être honnête, c'est toujours plus amusant de dire du mal des gens que d'en dire du bien. D'ailleurs, depuis que ces émissions existent, j'ai l'impression que, dans la cour du collège, les garçons et les filles se mettent à imiter *Les Princes de la passion* dans leur manière de parler qui est loin d'être polie. J'ai essayé une fois avec Aphrodite, pour voir ce que ça faisait ce style cow-boy mal dégrossi, mais ça m'a vite mis mal à l'aise. J'avais l'impression de jouer un rôle qui ne m'allait pas du tout.

– Tu es bête ou quoi ? elle m'a rétorqué, avant de me tourner le dos et de ne plus me parler pendant un mois.

C'est fascinant, tout de même, de regarder *Les Princes de la passion*, *Dirty Story*, ou ce genre d'émission, tout autant qu'observer une fourmilière sur laquelle on aurait fait tomber un vieux bout de jambon. Les filles ont des poitrines énormes et des décolletés aussi vertigineux que les falaises d'Étretat. J'ai souvent du mal à écouter ce qu'elles racontent parce que je scrute leurs bouches aussi gonflées que celles des mérous. Dans leur panoplie, elles ont aussi : des sourcils tatoués, des faux cils qui leur font les paupières en bord d'huître, des faux ongles immenses à bout carré, des robes aussi moulantes que des chaussettes neuves... Mais elles sont belles quand même... comme des sirènes en plastique. Les types, eux, ont tous des biceps formidables, avec des tatouages sophistiqués, les cheveux tressés ou rasés ou les deux à la fois, selon le côté d'où on les regarde, et des habits comme je rêverais d'en posséder… mais jamais, au grand JAMAIS, ma mère n'accepterait. Elle entre en transe dès qu'elle remarque le moindre trou dans un de mes jeans. Tous ces accessoires : faux cils, faux ongles, faux seins… ça la révulse. Parfois, je me demande si elle n'est pas un peu étriquée, ma mère.

CES INSECTES TOTALEMENT INOFFENSIFS

La dernière fois, en cours d'histoire-géo, j'étais assis à côté de Kimberley, et elle a justement sorti de sa trousse une paire de faux cils, dans leur boîte transparente. C'était génial ! On aurait dit des bestioles, comme de petites chenilles ultra velues. Moi personnellement, j'adore les insectes, autant que les poissons. Plus tard, j'aimerais bien faire entomologiste ou alors vétérinaire spécialisé dans les raies.

– Je les ai eus en promotion, ils sont en soie, m'a dit Kimberley.

– Ah ouais ! Et comment ça tient alors ? je lui ai demandé, sincèrement intéressé.

– Il y a un petit tube de colle vendu avec.

Pendant ce temps-là, le prof avançait sur une leçon particulièrement soporifique, alors forcément je trouvais bien plus amusants les faux cils de Kimberley.

– Et tu les as déjà essayés ?

– Pas encore, mais je crois qu'on trouve pas mal de tutos sur Internet. Parce qu'il ne faut pas se tromper, il y en a un qui est pour l'œil droit et l'autre pour l'œil gauche. Et il faut vérifier s'ils sont à la bonne longueur. On doit parfois les couper un peu.

– Sans blague. Et tu vas les mettre pour venir à l'école ?

– Je ne sais pas, parce que si mon père me voit avec ça... il me tue.

Mais là, le prof s'est rendu compte qu'il se passait quelque chose à notre table et comme Kimberley avait déjà eu pas mal d'avertissements avec lui (il est visiblement allergique à son look), je me suis dit qu'elle risquait gros.

– Apportez-moi votre trousse, Kimberley ! a-t-il demandé d'un ton sec.

Je sentais que ça allait être terrible, l'histoire des faux cils devant toute la classe. Kimberley était tétanisée, alors j'ai eu une idée lumineuse. J'avais dans ma poche quelques gendarmes ramassés dans la cour de récré, ces insectes totalement inoffensifs et très jolis, rouge et noir, qu'on appelle aussi des pyrrhocores... Ni une, ni deux, je les ai jetés dans la trousse de Kimberley, qui a poussé un cri terrible. Le prof a bondi pour confisquer la trousse. Quand il a regardé dedans, il a vu les punaises qui se baladaient, affolées, entre les feutres violet ou rose irisé, les gommes fluo au parfum fraise des bois, mais... il n'a pas vu les faux cils. Il m'a foudroyé du regard.

– C'était juste pour faire une blague, monsieur, j'ai dit.

Ça n'a pas suffi, comme excuse. J'ai eu une punition. Un exposé à rédiger de quatre pages sur les gendarmes et leur utilité dans les jardins. Ça ne m'embêtait pas du tout, je suis intarissable sur le sujet.

DES MAILLOTS DE BAIN PAILLETÉS

Pour en revenir à ma mère, qui est toujours pleine de contradictions, elle avait donc accepté d'installer le vieux poste de télé dans ma chambre, mais elle voulait que je regarde uniquement des documentaires sur les vers de terre ou les coquelicots. J'ai oublié de vous dire qu'elle est fanatique écolo et que ça la rend dingue quand elle me surprend à regarder ces émissions qu'elle trouve si « vulgaires », comme *Les Princes de la passion*. Je ne comprends pas pourquoi elle se met dans ces états-là. Ça n'est que de la télévision après tout, ça s'effacera comme les pas sur le sable après le passage de la vague.

– Mais non ! Mais non ! C'est très grave ! (En général, à ce stade de la conversation, elle hausse franchement la voix, je pense que même les voisins nous entendent.) Et puis regarde leur manière de s'habiller, de se parler, c'est atroce !!! Je t'interdis de regarder ces programmes imbéciles. Est-ce que ces gens-là connaissent le sens des mots « pudeur », « courtoisie » ?! J'imagine que non !

À vrai dire, moi non plus. Je me suis dit que, dès qu'elle aurait le dos tourné, j'irais voir dans le dictionnaire. « Courtoisie », ça me fait penser à confiserie ou à friandise, mais ce n'est sûrement pas ça. Ma mère a continué :

– Je préfère que tu regardes des émissions

sur… je ne sais pas moi… les dinosaures, les volcans, l'histoire des épidémies, les poissons des abysses…

Je la fixais en me demandant si elle n'était pas en train de dérailler. Ceci dit, moi aussi j'adore les créatures des abysses, certaines sont translucides avec de minuscules tentacules et bioluminescentes avec ça, comme le petit ange de mer, par exemple. Mais les filles de *Dirty Story*, elles aussi, après tout, elles évoluent dans des piscines *blue lagoon* avec des maillots de bain pailletés et du vernis vert pomme sur les ongles de leurs doigts de pied. C'est ce que j'ai dit à ma mère, mais elle ne voyait pas du tout le rapport.

– Et *Les Princesses du shopping*, je peux

regarder alors ? ou *Lune de fiel pour un mariage* ?

– Ah oui, encore mieux ! Ces émissions où la méchanceté est élevée au rang des beaux-arts (parfois, je ne comprends pas tout ce qu'elle dit, ma mère).

– Plaît-il ?

J'ai appris la formule la semaine dernière, avec ma prof de français. Elle nous fait jouer une scène d'une pièce de Molière. Je trouvais ça drôlement stylé et je voulais prouver à ma mère que ce n'est pas parce que je regarde *Les Princes de la passion* que je ne sais pas m'exprimer avec distinction. Peine perdue : elle n'a même pas remarqué.

– Oui ! De la méchanceté pure, même

recommandée, encouragée... Ce doit être dans le contrat des participants sans doute : « *si vous n'êtes pas suffisamment méchant, vous serez renvoyé de l'émission* »; alors il s'agit de se moquer des gens, et dans leur dos en plus ! Trouver ridicules leurs vêtements, leurs robes de mariée, leurs gâteaux de mariage...

Elle n'avait pas tort. Mais enfin, il faut quand même bien s'acheter une robe de mariée si on décide d'épouser quelqu'un, on ne va pas y aller en maillot de bain, ou alors on pourrait : en maillot de bain blanc, avec juste un tulle sur la tête et un diadème en strass, bien sûr. Les filles des *reality shows* adorent les strass et tout ce qui scintille... Enfin, moi, je m'en fiche un peu, parce que je ne me marierai jamais.

Quand je vois où ça mène… Ma mère a fini par ajouter :

– On devrait fusiller les producteurs de ces émissions.

– Ah bon… Mais je croyais que tu étais contre la violence ?

Elle ne m'a pas répondu, mais j'ai senti que j'avais marqué un point.

MANQUER DE CŒUR

Tout ça pour vous dire que je ne tiens pas tellement à prendre mon petit déjeuner avec ma mère. Tôt le matin, je suis incapable de faire face à ce genre de discussion et ça tombe bien : elle n'est pas là quand je me réveille. Elle est infirmière et commence très tôt son service. Elle est souvent à cran parce que son métier l'épuise, même si elle l'aime beaucoup.

C'est d'ailleurs à cause de son travail qu'elle s'est énervée très fort contre le jeu télévisé *Fort Toquard*, que j'avais l'habitude de regarder l'été, sur le petit poste de télé de ma grand-mère à Boulogne-sur-Mer, où je n'avais pas grand-chose d'autre à faire. Ce jeu ne plaisait PAS DU TOUT à ma mère. Elle adore les animaux alors elle ne supportait pas les scènes où l'on renversait dans une baignoire, sur une candidate hystérique, tout un tas de crapauds, de grenouilles vivantes complètement paniquées, sans compter les rats, les souris, les serpents, les mygales, les scorpions au milieu desquels il fallait plonger la main pour attraper un misérable indice. Quant aux tigres qu'on avait dû amener par bateau, n'en parlons même pas... Elle ne comprenait pas pourquoi la SPA ne portait pas plainte contre les producteurs.

Mais le jour où elle a vu rouge, c'est lorsqu'elle a entendu parler de la nouvelle épreuve intitulée « l'Asile » (comprenez « de fous ») : un candidat habillé d'une camisole de force devait se démener dans une cellule capitonnée et trouver une solution pour en sortir. Il faut dire que ma mère est infirmière dans un hôpital psychiatrique, alors faire un jeu là-dessus, elle n'a pas supporté. Pâle comme un linge, elle m'a dit :

– Comment peut-on manquer autant de cœur et de décence ?...

« Décence », encore un mot que je ne connaissais pas. Manquer de cœur, ça oui, je comprenais. C'est la chose la plus grave du monde pour ma mère. Je crois qu'elle préférerait que je me fasse renvoyer du collège plutôt que je manque de cœur.

L'épreuve de l'Asile de *Fort Toquart*, ça

l'avait profondément blessée parce qu'elle aime beaucoup ses patients. Elle les trouve super courageux. Elle ne me l'a jamais dit, mais je le sais. Elle m'en parle parfois, pas souvent. Elle me dit d'ailleurs qu'ils ne sont pas plus « fous » que vous et moi, mais que, de temps en temps, leur cerveau ne fonctionne pas bien.

Ma mère part crevée le matin et elle rentre crevée le soir. Je l'aime bien, ma mère, même lessivée. Elle aussi, elle a la télé dans sa chambre. Comme ça, quand on est tous les deux un peu déprimés, on ne se dispute pas pour les programmes. Il faut dire qu'on n'a pas – mais pas du tout – les mêmes goûts.

Le problème c'est qu'elle est toujours sur mon dos. Elle trouve que je passe trop de temps devant les jeux vidéo et se fâche sans cesse parce que j'éteins la télé trop tard. Pour qu'elle ne m'entende pas, je mets le son si doucement que je ne comprends plus rien à ce que disent les acteurs. Parfois, sur Arte, sa chaîne préférée, je tombe sur un documentaire animalier fascinant. L'autre soir, c'était sur des gypaètes barbus, des sortes de vautours avec vraiment de drôles de têtes... Je ne sais pas pourquoi, mais ça me donne envie de pleurer toute cette beauté de la nature.

Enfin, moi, ce que je préfère, ce sont les séries de zombis à demi décomposés et bourrés d'asticots qui pullulent tous azimuts. On a beau s'y attendre, on fait toujours un bond dans son lit dès qu'ils apparaissent.

COMME UN COSMONAUTE

Le zombi, évidemment, c'est moi, le lendemain matin à l'école. Souvent, il fait trop chaud dans la classe, les profs ne font que parler, on doit avoir l'air de les écouter, ça ronronne sous mon crâne, je me sens alors comme un vieux pneu abandonné dans un champ. Pourtant, certains enseignants sont très bien… La prof de français par exemple, elle est jolie, elle sent bon, pas comme Théodore qui devrait mieux se laver les dents le matin, surtout qu'il bâille tout ce qu'il peut. Lui aussi, il a la télé dans sa chambre, comme la moitié de la classe ou presque. Les autres, ça les rend fous de jalousie, tant d'injustice.

Comme la prof de français nous trouvait particulièrement ramollis, Théodore et moi, elle a convoqué nos mères. Il faut dire que Théodore, avec ses bâillements à répétition, des salves à s'en décrocher les mâchoires (bruyantes en plus !), faisait bâiller tous ses voisins à moins de cinq mètres à la ronde. Moi, je serrais les lèvres, mais ça se voyait que je réprimais un bâillement parce que mes narines se dilataient. J'avais l'air d'un phoque.

Je n'arrive pas à comprendre par quel processus les bâillements sont si contagieux. Je me pose des tas de questions sur ce phénomène : pourquoi on bâille quand on s'ennuie par exemple ? pourquoi c'est si bon de bâiller ? etc., etc. J'ai fait des recherches là-dessus sur Internet. Je n'aurais pas dû : je suis tombé sur des trucs passionnants, mais sur d'autres aussi franchement effrayants. Il paraît qu'on commence à bâiller avant même de naître. On bâille dans le ventre de notre mère et environ 250 000 fois tout au long de notre vie. Moi, je vais sûrement dépasser ce nombre, parce que je m'ennuie facilement. On peut avoir envie de bâiller sans voir la personne qui baîlle, juste en l'entendant ou... en lisant un texte sur le bâillement ! D'ailleurs, au moment où j'écris ces lignes, je sens que ça vient.

Tous les vertébrés bâillent, surtout Théodore. Tous bâillent... à l'exception de la girafe. Et puis après, j'ai appris que bâiller pouvait devenir une maladie et qu'alors on est condamné à passer sa vie à ouvrir la bouche sans relâche. Pendant que je repensais à tout ça (avec une furieuse envie de faire vous savez quoi), la prof a demandé à nos mères à quelle heure on s'endormait – drôlement indiscret comme question, c'est quand même notre vie privée après tout. Elle leur a dit qu'elle avait « le sentiment » qu'on s'endormait trop tard et que du coup, le lendemain matin, on était ratatinés (enfin, ce n'est pas exactement le mot qu'elle a employé) et qu'on n'était alors plus capables de rien apprendre. Une chance, elle n'a pas demandé si on avait la télé dans nos chambres et nos mères ne l'ont pas dit, sinon on était fichus.

Le soir, lorsque j'ai expliqué à ma mère à quel point c'était marrant les films d'horreur, elle m'a dit qu'il fallait que j'arrête de la bassiner avec les zombis et elle a recommencé avec cette histoire de confiance. Elle a ajouté que, puisque c'était comme ça, à partir de 8 heures du soir, désormais, elle confisquait tout : la télécommande et les fils du téléviseur, mon PC, ma console de jeux... Plus de jeux vidéo, plus de Youtubeurs, plus de bêtisiers, plus rien... Je me suis senti alors comme un cosmonaute sorti de son vaisseau spatial pour aller réparer une aile froissée et qui a malencontreusement coupé le fil qui lui aurait permis de retourner dans l'habitacle. Il ne me restait plus qu'à dériver, seul, dans l'espace obscur et sans confins, sans atmosphère respirable, en pensant aux milliards de petites télévisions terrestres et aux écrans d'ordinateur qui clignotaient pour d'autres que moi…

J'M'EXCUSE MAMAN, J'M'EXCUSE...

Ma mère m'a dit que j'étais drogué aux jeux vidéo, incapable de m'arrêter, et que si ça continuait, elle allait m'envoyer voir une psychologue.

– Chiche ! je lui ai répondu.

Là où on vit, je sais bien qu'il y a au moins deux ans d'attente pour avoir rendez-vous avec la première spécialiste à cent kilomètres à la ronde. Je le sais parce que c'est le médecin scolaire, Mme d'Espagnac, qui l'a dit à la conseillère d'orientation, Mme Couette.

Ma mère m'a prévenu que, « dorénavant » (un mot qu'elle utilise souvent), elle allait noter précisément sur un carnet le temps que je passais chaque jour devant les écrans. Selon elle, je mentais sans arrêt sur l'heure à laquelle j'étais censé avoir commencé. Elle ne se rend pas compte à quel point les jeux vidéo peuvent développer des réflexes, en mode ninja, le sens de la stratégie, l'acuité visuelle, la capacité à trouver au plus vite les solutions qui s'imposent. Il paraît qu'ils pourraient même retarder la maladie d'Alzheimer, alors... Décidément les parents ne voient jamais ce que les jeux vidéo peuvent avoir de positif. Ils me font penser à ces gens du XIXe siècle dont notre prof d'histoire nous a parlé et qui étaient persuadés que la vue des premières locomotives allait faire tourner le lait des vaches (il est parfois marrant notre prof d'histoire).

Ma mère me répète que les jeux vidéo finiront par me faire fondre le cerveau. Enfin, tous les parents ne sont pas comme elle. Chez Sydney, c'est plutôt l'inverse. Lui et son père ont joué un jour de 3 heures de l'après-midi à 3 heures du matin. Et personne n'a trouvé à y redire dans la famille. Quand j'ai raconté ça à ma mère, elle a levé les yeux au ciel...

Très franchement, je dois avouer qu'il m'est arrivé d'exagérer. Résultat : ma mère s'est mise à pousser à tout bout de champ la porte de ma chambre pour vérifier si je travaillais bien. J'avais toujours un exposé sur les lunettes astronomiques à portée de clic sur mon écran, pour le passer devant mon jeu au cas où elle débarquerait. Comme elle ne comprend rien à l'astronomie, il n'y avait pas grand risque qu'elle vienne fourrer son nez dedans. Mais c'était éprouvant, toute cette tension nerveuse.

Alors un soir, j'ai osé quelque chose que je n'aurais peut-être pas dû faire. Je lui ai dit que j'étais invité à dormir chez mon copain Vincent Nguyen. Ce n'était pas vrai.

Avec Yacine, on avait décidé d'aller jouer aux jeux vidéo tard le soir dans une salle en réseau (on a du bol, on est vachement grands pour notre âge). La grande aventure quoi ! Le seul souci, c'est que justement Vincent Nguyen a appelé ce soir-là pour m'inviter à dormir chez lui le lendemain. La probabilité pour que ça arrive était infime, mais c'est l'histoire de ma vie : je n'ai jamais eu de chance.

J'étais en train de jouer dans mon cybercafé, quand tout à coup j'ai senti une présence à côté de moi. Mon sixième sens m'a tout de suite dit que j'étais en danger. J'ai tourné la tête et j'ai vu mon père. Tout le monde nous regardait. Une atmosphère à couper au couteau. Ça faisait pas mal de temps qu'on ne s'était pas croisés, lui et moi. Je ne le voyais pas souvent et le voilà qui déboulait pour me faire la morale, j'ai trouvé ça trop fort, mais je l'ai bouclée quand même, ça valait mieux. C'était ma mère qui l'avait prévenu.

Il avait téléphoné au délégué des parents d'élèves pour avoir le numéro de mes amis.

Il les avait appelés, les uns après les autres, pour leur demander s'ils savaient où j'étais. J'ai appris par la suite qu'il en avait même menacé un qui lui avait paru un peu embarrassé. Swan avait fini par craquer (on avait déjà parlé ensemble de ce défi d'aller jouer une nuit entière). Mon père m'a raccompagné à la maison, il est monté et m'a remis en mains propres à ma mère, en lui balançant une réflexion vache comme quoi elle ferait bien de mieux me surveiller.

Ma mère a refermé la porte, puis elle est allée s'effondrer sur la table de la cuisine. Elle pleurait, avec des sanglots en plus. Les larmes tombaient dans sa tasse de thé. Elle me fendait le cœur. J'avais envie de pleurer moi aussi :

– J'm'excuse maman, j'm'excuse... Je te jure, je le ferai plus...

Je lui disais ça en faisant craquer les jointures de mes doigts. Je n'aurais pas dû tant m'excuser d'ailleurs, parce que, dans les semaines qui ont suivi, qu'est-ce que j'ai trinqué ! Ma vie a viré à l'enfer.

D'UNE ÉTERNELLE HUMEUR DE ROTTWEILER

J'avais l'impression que ma mère perdait complètement les pédales, qu'elle voulait chronométrer ma vie : elle trouvait que je me levais trop tard (pourtant, un quart d'heure avant de partir à l'école, ça suffit largement, bon sang !), que je mangeais trop vite, que je ne me lavais pas les dents assez longtemps, ni dans le bon sens. Elle avait l'air de se venger sur moi de tout. Quand je me faisais une tartine de Nutelgras en fin de journée, ça la mettait dans une colère noire parce qu'ensuite, je n'avais plus envie d'avaler les fenouils vapeur qu'elle avait préparés pour le dîner. Depuis que mon père est parti, ma mère a pris dix kilos. On dirait qu'elle va être au régime jusqu'à la fin de sa vie et rester d'une éternelle humeur de rottweiler. C'est facile de s'en prendre à moi, à mon PC, à ma console de jeux, à ma télé...

Un soir, je m'étais enfermé en douce dans ma chambre, juste avant le dîner, avec le pot de Nutelgras (j'arrive à tourner la clé sans produire le moindre bruit). Elle m'a crié d'ouvrir et, le temps que j'engloutisse ma tartine, elle a défoncé la porte d'un coup de pied. J'ai oublié de vous dire que, pour maigrir, ma mère s'est inscrite au karaté. Elle est douée visiblement. Plus de télé, plus de serrure, plus de pâte à tartiner, plus d'intimité... C'est du harcèlement, non ?

Pour m'en dégoûter, ma mère m'a montré une photo détaillant les proportions des divers ingrédients, avec les 55 % de sucre et les 23 % d'huile de palme qui ressemble à une sorte de vaseline parfaite pour nettoyer les chaussures. Depuis, j'ai regardé à la télévision un reportage sur cette marque qui vend des bocaux de pâte à tartiner de toutes les tailles et qui, vu la quantité d'huile de palme à l'intérieur, est directement responsable de la disparition à grande vitesse des orangs-outans, puisqu'on bousille leurs forêts pour produire cette pâte.

Ma mère est enragée sur ces questions. Les bonbons Aripabo, par exemple, sont carrément proscrits à la maison, pire que du cyanure, pleins de produits chimiques, de couleurs et de parfums 100 % artificiels. Bon, je n'ai jamais osé lui dire que j'étais tellement frustré qu'en CP, dans la cour de récré, j'allais chercher les vieux chewing-gums usagés dans les poubelles pour les mâcher avec extase... Si elle savait ça, elle qui est infirmière, elle aurait un arrêt cardiaque.

Je veux bien arrêter la pâte à tartiner, parce que j'aime beaucoup les singes (du ouistiti au gorille, en passant par Théodore), et même les bonbons Aripabo, mais pas les écrans par exemple ! N'empêche, j'étais puni de tout.

Heureusement, le type dans l'appartement en face de ma chambre regarde la télé H24. Il doit avoir 295 chaînes. C'est fou tout ce qu'il peut voir, du catch de femmes dans la boue, des courses automobiles, des westerns excellents (je ne savais pas que c'était si bien les westerns. On arrive à suivre l'histoire même sans le son). Parfois, il vient fumer une cigarette à la fenêtre et j'ai toujours peur qu'il s'aperçoive que je regarde son écran en mode pirate. Alors j'éteins bien toutes les lumières dans ma chambre, comme si j'étais un agent des services secrets. Quand il a fini de fumer, il gueule :

– Bonne nuit, bande de boloss !

Et il referme sa fenêtre. Bon...

LES RÊVES SONT RAREMENT EN ODORAMA

Je n'ai plus le droit de regarder la télé le soir, mais je fais toujours autant de cauchemars. Je repense souvent aux films 100 % zombis que j'ai vus, j'en suis comme imprégné et j'ai du mal à m'endormir, alors je laisse la radio allumée pour me tenir compagnie. Et puis d'un seul coup, je tombe dans le sommeil comme un bathyscaphe dans les abysses. Mais après, c'est pire encore : une bande de zombis déchaînés déboule et vient s'installer sur mon lit avec un sans-gêne pas possible.

Je sens leur haleine fétide dans mon cou, pire encore que celle de Théodore. C'est curieux pourtant, car les rêves sont rarement en odorama, mais là... si. Faut dire qu'ils ont les dents dans un état, les gars ! Ils ne les brossent sûrement pas dans le bon sens. Et puis parfois mes cauchemars partent complètement en vrille : ces zombis, je ne sais pas pourquoi, veulent absolument se laver les dents avec MA brosse à dents. Alors j'essaie de les en empêcher et je leur crie : « Non ! Non ! Non ! » Mais je ne parle pas le zombi. Je tente de la leur arracher, mais ils se sauvent en riant et en bavant partout, et puis je reconnais parmi eux le voisin d'en face, drôlement putréfié.

Après s'être tous lavé les dents avec ma brosse, bonne à fiche à la poubelle, ils s'installent sur mon lit pour regarder la télé, et alors ils se mettent tous à se disputer parce qu'ils ne sont pas d'accord sur la chaîne et l'émission à regarder, tout ça dans des borborygmes impossibles et avec force postillons. En attendant, c'est pestilentiel dans la pièce. Alors je me dépêche d'ouvrir ma fenêtre en grand, pour aérer, en me souvenant que ma mère trouve souvent que ça sent le tigre dans ma chambre le matin. Si demain ça fleure le zombi décomposé ici, elle va encore être furax et franchement, j'ai assez de problèmes comme ça.

Et puis, par un hasard extraordinaire, mes zombis tombent sur un film de zombis et là, ils se tordent de rire en se tapant sur les cuisses, et en sifflant comme ils peuvent lorsqu'ils voient passer sur l'écran une zombiette avec

son mini-short en haillons. Après – allez savoir pourquoi – ils se mettent à gémir devant la météo. Rien n'avait aucun sens dans ce cauchemar. Et tout ce que je voulais, moi, c'était qu'ils décampent.

Enfin, une sonnerie a retenti, l'un d'eux a sorti un téléphone de sa poche, mais il n'arrivait pas à décrocher parce qu'il n'avait plus de doigts, alors ça sonnait, ça sonnait... Et ils ont subitement comme fondu, les types, évaporés, et j'ai repris connaissance. Mes oreillers, ma couette gisaient par terre, en tas. Mon réveil sonnait de plus en plus fort. J'étais vraiment soulagé de constater que tous ces semi-macchabées avaient débarrassé le plancher. Quand j'ai vu ma tête dans le miroir de la salle de bains, je me suis fait peur, j'avais l'air d'un ectoplasme, et puis mon regard est tombé sur ma brosse à dents, ses poils rebiquaient, elle avait l'air en bout de course. Moi aussi.

Il fallait que je sorte à tout prix de cette mauvaise passe. Alors je me suis débrouillé pour remonter mon niveau scolaire, à la rame. En classe, je faisais tout ce que je pouvais pour avoir l'air bien réveillé, j'écarquillais les yeux, je regardais les profs d'un air vif, je levais le doigt à une vitesse supersonique… en priant le ciel qu'ils ne m'interrogent pas. J'ai aussi décidé de ne plus me moquer des filles, ni pendant les cours de gym, ni à la piscine, ni à la sortie de l'école. Du coup, Dorine, Dakota et

Aphrodite m'ont reparlé. C'était chouette. On rentrait même ensemble le soir, en discutant d'un tas de trucs. Aphrodite habite tout près de chez moi. Je marchais assez lentement pour que le trajet dure le plus longtemps possible. Je commençais à préférer bavarder avec elle que jouer aux jeux vidéo. Je n'en revenais pas...

DWICH

LE *BIG BLACK-OUT* !

Après toutes ces émotions, j'ai pas mal parlé avec ma mère aussi, de la vie, de la mort, de la télé, de ce qu'elle aimait regarder : ses séries préférées sur Sherlock Holmes ou Columbo, des trucs qui datent du jurassique et qu'elle aime bien parce qu'il n'y a pas trop de violence. Elle ne rate aucun documentaire sur les guerriers scythes par exemple, un peuple de l'Antiquité qui vivait je ne sais même pas où... Des émissions assez démoralisantes ou sacrément ennuyeuses. Elle me dit que c'est « instructif » et elle ne peut pas comprendre que je préfère les Avengers. C'est marrant cette différence de goût entre nous. Pour me faire plaisir, elle a quand même regardé avec moi le dernier épisode. Et quand je lui ai demandé si elle se souvenait de ce qu'elle aimait quand elle était petite (sûrement pas des émissions sur les guerriers scythes), elle m'a répondu qu'elle avait oublié... Enfin, elle s'est finalement rappelé qu'elle aimait bien suivre, avec sa grand-mère, une série qui s'appelait *Belphégor* (un des personnages, une momie vêtue de noir, hantait le musée du Louvre la nuit...), finalement pas tellement éloignée de mes histoires de zombis. Je le lui ai fait remarquer.

– Pas tout à fait quand même, m'a dit ma mère, qui n'a jamais regardé de sa vie un film de zombis.

Je ne sais pas, d'ailleurs, si elle encaisserait...

Tout était redevenu comme il fallait dans le meilleur des mondes, enfin à peu près... Jusqu'au jour de l'apocalypse, le jour de la panne, la panne générale, le *big black-out* !

C'était un soir, la nuit était déjà tombée. Et d'un seul coup : plus de jus, mais je veux dire : plus d'électricité nulle part, ni dans la maison, ni dans la cage d'escalier, ni dans l'immeuble. Il y avait même quelqu'un coincé dans l'ascenseur qui tambourinait. Ambiance...

On avançait à tâtons. Ma mère avait trouvé une bougie parfumée dont on ne s'était jamais servis parce que l'odeur était franchement écœurante, mais elle n'arrivait plus à mettre la main sur les allumettes, ou sur l'allume-gaz qui, de toute façon, marchait une fois sur dix. On s'est mis sur le balcon et là, on s'est aperçus que l'immeuble d'en face était aussi dans le noir total, et tout le quartier et toute la ville. Ça commençait à me plaire. Je me suis dit : si ça se trouve, les zombis ne vont pas tarder à attaquer. Ça va pulser.

Avec ma mère, comme on était déjà en pyjama (on se met en pyjama avant le dîner), on s'est rhabillés en vitesse, n'importe comment, puisqu'on n'y voyait rien du tout. En quittant l'appartement, on a failli se cogner aux voisins. On ne savait pas qui c'était. On entendait leurs voix dans le noir, des chuchotements. Des gens pouffaient, des

petits enfants criaient comme des putois parce qu'ils avaient les chocottes. Faut quand même préciser que, dans notre immeuble, certains de nos voisins sont si vieux qu'ils ressemblent un peu à des morts-vivants, justement. On les entrevoyait à peine sous les petites lumières verdâtres de secours qui indiquaient la sortie. Il y avait aussi quelques lampes de poche qui dansaient toutes seules dans l'escalier. Lorsqu'on est arrivés à l'extérieur, la lune s'était levée au-dessus des immeubles, une lune incroyablement lumineuse, jolie comme une crêpe dentelle.

Les familles sortaient peu à peu, elles venaient s'installer dans le petit square devant chez nous. Ma mère s'est mise à bavarder avec

Mme Diop. Je trouvais ça extra, finalement, cette méga-panne. Je me suis aperçu que la lune, comme le soleil, projetait nos ombres sur la chaussée. Il faisait doux. C'était bientôt l'été et la fin de l'année scolaire, on sentait dans l'air quelque chose d'étrange, comme si tout se dénouait. Les bébés n'avaient plus peur et ouvraient grand leurs yeux. Puis la lune s'est cachée derrière un HLM, mais nous nous sommes habitués à l'obscurité. Je voyais de mieux en mieux dans le noir… un peu comme un zombi finalement. Je me suis baladé et, sans que je m'en aperçoive (enfin, si…), mes pas m'ont mené devant l'immeuble d'Aphrodite, tout à côté du nôtre. Elle était là, avec quelques voisins. Nous nous sommes allongés sur la pelouse rachitique et nous avons commencé à bavarder. De tout et de rien, de ce que nous voudrions faire plus tard comme métier. Aphrodite, qui va souvent à la médiathèque de notre quartier, m'a avoué qu'elle avait assez envie de devenir bibliothécaire, mais elle m'a précisé, tout en me priant de ne pas rire... dans l'espace. Texto. J'ai souri :

– Bibliothécaire de l'espace, dis donc, il faudra que ce soit une grande station spatiale internationale, avec pas mal de gens alors. Et comment ranger les volumes ? Comment garder son livre fermé, sans perdre sa page, en apesanteur ?

Aphrodite a réfléchi à ma question en fronçant les sourcils.

– Je trouverai... Et puis levant la tête vers le ciel, elle a dit : Oh ! regarde, c'est trop beau !

Au-dessus de nous s'étirait la voie lactée, comme je ne l'avais jamais vue. Normalement, on peut l'observer en pleine campagne, enfin, en tout cas, là où il n'y a pas de pollution lumineuse, selon notre prof d'histoire-géo. Alors avec le *black-out*, c'était impec ! On la voyait bien, cette merveille de voie lactée. J'avais l'impression que cette brume d'étoiles mettait mon âme dans une boîte en coton. J'ai repensé à mes dents de lait dans leur petit pot de porcelaine blanche. Ma mère trouve que ça ressemble à un reliquaire vaudou, mon ramassis de dents. Alors là-haut aussi, c'était peut-être un grand reliquaire d'étoiles.

Avec Aphrodite, future bibliothécaire de l'espace, nous sommes restés un long moment en silence... Ce qui nous arrive rarement. Je la regardais. À cause de l'obscurité, sa pupille était dilatée, on devinait à peine son iris. Tout un petit cosmos était rassemblé là. J'avais le cœur qui battait la chamade, agité comme un écureuil qui voudrait s'évader d'une cage. Heureusement, il faisait très sombre et elle ne m'a pas vu rougir. Enfin j'espère. Et là, je me suis lancé :

– Aphrodite, dis-moi franchement... Est-ce que tu aimes la télé ?

– Mais quelle question ! m'a-t-elle répondu, et elle a éclaté de rire.

J'ai rougi encore plus.

UN POSTILLON DE MOUCHE DANS LA VOIE LACTÉE

D'un seul coup, l'électricité est revenue. Partout. La voie lactée a pâli. J'ai raccompagné Aphrodite. En bas de son immeuble, elle m'a embrassé... je veux dire sur la joue. Je suis rentré à la maison et j'ai gravi les six étages en courant, parce que j'avais des fourmis dans les jambes, que je ne voulais pas passer la nuit dans l'ascenseur si la coupure d'électricité recommençait, et que ma mère s'inquiète toujours pour un oui, pour un non. Je me souviendrais longtemps, en tout cas, de cette soirée magnétique. En arrivant, j'ai cherché le mot « courtoisie » dans le dictionnaire : il se trouvait entre « courtiser » et « couscous » et puis j'ai découvert ce qu'était l'amour courtois, au temps de la chevalerie. Rien à voir avec les beaux gosses tatoués des *Princes de la passion*, mais alors RIEN.

Peu de temps après, avec ma mère, on a regardé une émission sur le jour où le premier homme a marché sur la Lune. Je n'avais pas trop suivi l'affaire à l'époque, vu que je n'étais pas né. L'image était loin d'être haute définition. C'était étrange de voir l'astronaute américain Neil Armstrong tâter de sa *moon boot* la surface de la Lune (au cas où il y aurait eu des sables mouvants), avant d'aller s'y balader, pépère. Après l'émission, j'ai cherché sur Internet pour en savoir plus sur cet Armstrong et sur la voie lactée. Et je me suis endormi avec des étoiles plein la cervelle.

Le lendemain matin, ma mère ne travaillait pas, parce qu'elle était de repos. Exceptionnellement, j'ai pris mon petit déjeuner avec elle et je lui ai parlé de ce Neil Armstrong sur lequel j'avais appris pas mal de trucs : par exemple qu'un coiffeur avait vendu en douce ses cheveux à un collectionneur. Il y avait quelque part aux États-Unis un type qui frimait avec les cheveux du premier astronaute à avoir marché sur la Lune. J'imaginais ses invités lui demander pendant le dîner :

– C'est quoi, ces cheveux dans le petit cadre ?

– Ah ça... ce sont les cheveux de Neil Armstrong.

– Non !

– Si si...

Ce que les gens peuvent être bizarres parfois !

En tout cas, Armstrong a fait un procès au coiffeur et lui a demandé soit de rendre les cheveux, soit de donner l'argent à une association de bienfaisance. Comme le type n'avait pas pu récupérer les tifs, il a fait don de l'argent. Après, j'ai parlé à ma mère de la voix lactée, ma nouvelle lubie. Je lui ai demandé :

– Est-ce que tu sais que la Terre n'est qu'un postillon de mouche à l'intérieur de la voie lactée ? Là, tel que je te parle, sais-tu que nous sommes assis à table DANS la voie lactée, une galaxie en spirale, mais tu vois, aplatie comme une galette, avec un bulbe à l'intérieur et qu'elle contient entre 200 et 400 milliards d'étoiles ?

Non, elle ne savait pas. J'adore ma mère, mais exactement à ce moment-là, j'ai eu comme un flash, aussi bref que la vision d'une étoile filante dans un ciel d'été : je me suis dit que, quand j'aurais des enfants avec Aphrodite, ils n'auraient pas d'écrans dans leur chambre, comme ça, j'empêcherais les zombis d'aller dans leur lit.

FIN

Dans la même collection :

Responsable éditoriale : Angèle Cambournac
Conception graphique : Clémence Courot
Fabricante : Nathalie Voyer

57, rue Gaston-Tessier, 75019 Paris
ISBN : 979-10-235-1563-3
Dépôt légal : avril 2021 – Tirage n° 1
Loi 49-956 du 16 juillet 1949
sur les publications destinées à la jeunesse

Photogravure : IGS-CP
Achevé d'imprimer en mars 2021
par Graphycems (Espagne)

www.seuiljeunesse.com